CW00449803

Dyma Jac a dyma Jes y ci.

Mae Jac a Jes yn ffrindiau mawr.

Maen nhw'n hoffi mynd am dro gyda'i gilydd i chwilio am antur newydd.

Heddiw mae Jac a Jes yn
mynd am dro i'r goedwig.

Mae hi'n ddiwrnod braf iawn.

Mae Jac a Jes yn dilyn llwybr i mewn i'r goedwig.

Yn sydyn, mae gwiwer yn neidio allan ac yn diflannu i lawr y llwybr.

Mae Jes yn rhedeg ar ôl y wiwer ac yn diflannu i lawr y llwybr hefyd.

"Jes, aros amdana i!" mae Jac yn galw.

Mae Jac yn rhedeg ar ôl Jes a'r wiwer!

Yn sydyn mae Jac yn dod i le agored mawr yn y goedwig.

Mae Jes yn cyfarth achos mae hi wedi colli'r wiwer!

Mae Jac yn rhedeg draw at Jes.

"Ust, Jes. Mae'r wiwer fach wedi mynd," meddai Jac. "Mae hi wedi diflannu!"

Wedyn mae Jac yn gweld mwg yn dod o'r coed.

"Dere, Jes. Mae rhywbeth yn y coed," mae Jac yn dweud.

Mae'r ddau yn cerdded yn gyflym at y mwg sy'n dod o'r coed.

Mae Jac a Jes yn cerdded trwy'r coed ac maen nhw'n gweld bwthyn bach.

Mae mwg yn codi o'r simnai, ac mae rhosod pinc yn tyfu o gwmpas y drws pren. Mae'r drws ar agor.

Mae Jes yn cyfarth yn gyffrous ac yn rhedeg at y drws.

Mae Jac a Jes yn clywed llais yn dod
o tu ôl i'r drws.

"Wel, helô 'na. O ble dest ti, gi bach?"

Mae Jac yn galw ar Jes.

"Jes, dere nôl yma! Dy'n ni ddim
i fod i fynd i dŷ rhywun dy'n ni ddim
yn 'nabod!"

Mae'r drws yn agor ac mae Jac yn gweld Dylan!

Mae Jac yn 'nabod Dylan achos Dylan yw ceidwad y goedwig!

Mae Dylan wedi bod i ysgol Jac i siarad am y goedwig.

"Helo Dylan," meddai Jac.

"Helo Jac. Ydych chi ar goll?" mae
Dylan yn gofyn.

"Ydyn, dwi'n credu!" mae Jac yn ateb.

"Dwi'n gallu dangos y ffordd nôl i chi,"
mae Dylan yn dweud.

Mae Dylan yn gofalu am y goedwig ac yn gwneud yn siŵr bod pob coeden, anifail a blodyn yn ddiogel.

"Dyma'r fioled a bysedd y cŵn," mae Dylan yn dweud, gan bwyntio at y blodau porffor.

Mae Dylan yn dysgu enwau'r coed
i Jac a Jes.

Y dderwen, yr onnen, a'r gelynnen.

Mae'r coed yn edrych fel cewri yn
sefyll uwch eu pennau.

Yn sydyn mae cwningen yn neidio ar draws y llwybr.

Wrth gwrs mae Jes yn rhedeg ar ôl y gwningen!

"Na, Jes! Paid mynd ar goll eto!" mae Jac yn gweiddi.

Mae aderyn du yn canu'n swynol uwch eu pennau.

Mae Jes yn neidio nôl i gerdded gyda Jac a Dylan.

"Dyma ragor o flodau'r goedwig," mae Dylan yn dweud. "Dyna glas y gors, blodyn menyn a llygad y dydd."

"Enwau pert i flodau pert!" mae Jac yn dweud.

Mae'r llwybr yn mynd i'r maes parcio.

Mae Jac, Jes a Dylan yn cerdded at gar
tad a mam Jac.

"Dyma Dylan. Mae e'n gofalu am y goedwig.
Rydyn ni wedi dysgu enwau llawer o goed
a blodau," mae Jac yn dweud wrth ei fam.
"Ac rydyn ni wedi gweld llawer o anifeiliaid
ac adar!"

"Wel, am antur!" mae ei fam yn dweud.

Mae Jac a Jes yn barod am fwyd.

"Beth am gael picnic gyda ni, Dylan?" mae Jac yn gofyn.

"Hyfryd! Diolch yn fawr," mae Dylan yn ateb.

Mae pawb yn mwynhau picnic blasus iawn.

Dyna brynhawn cyffrous!